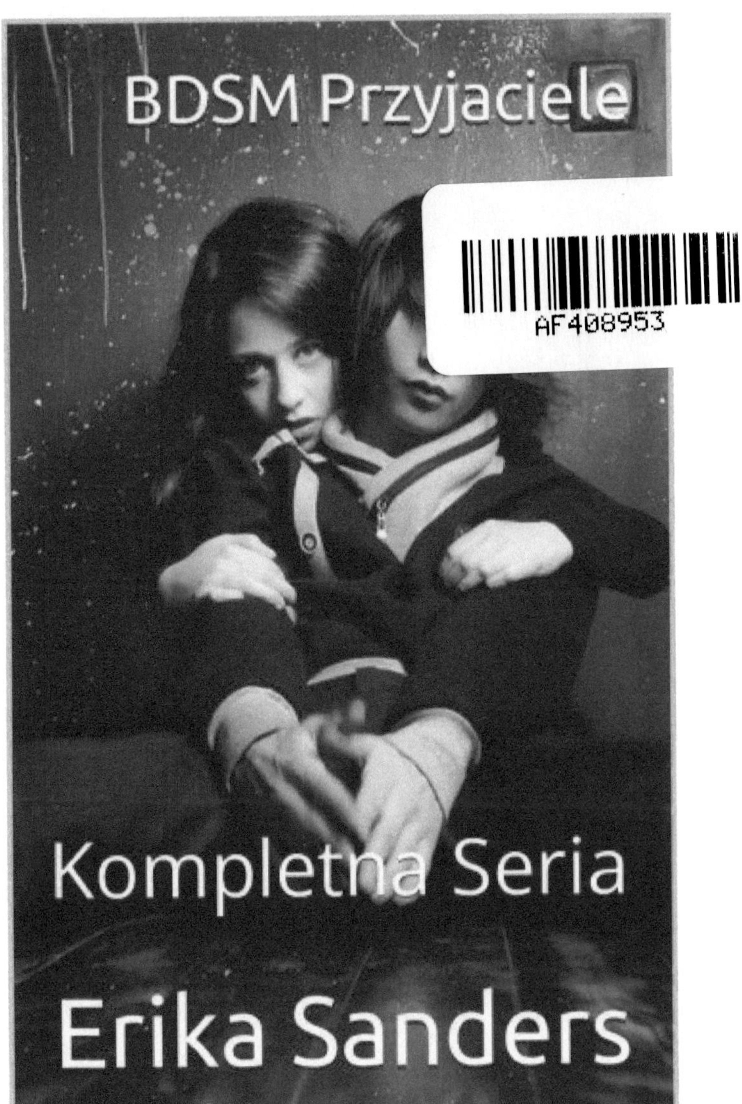BDSM Przyjaciele
Kompletna Seria
Erika Sanders

ERIKA SANDERS

BDSM Przyjaciele
Kompletna Seria

Eryka Sanders

Dominacja i erotyczne poddanie

Streszczenie

5

Erika proponuje pójść o krok dalej w swoim związku ze swoim najlepszym seksownym dominującym mężczyzną...

BDSM Przyjaciele to powieść z silną erotyczną treścią BDSM i ponownie jest nową powieścią z **Dominacja i erotyczne poddanie,** serii powieści o wysokiej romantycznej i erotycznej treści BDSM.

(Wszystkie postacie mają ukończone 18 lat)

Uwaga do autora:

Erika Sanders jest znaną na całym świecie pisarką, która została przetłumaczona na ponad dwadzieścia języków i, z dala od swojej zwykłej prozy, podpisuje swoje najbardziej erotyczne pisma swoim panieńskim nazwiskiem.

indeks

BDSM PRZYJACIELE
KOMPLETNA SERIA
ERIKA SANDERS

CZĘŚĆ 1

To był dzień jak każdy inny.

Chyba, że tak nie było. Dzisiejszy dzień był wyjątkowy. Dzisiaj był dzień, w którym mój najlepszy przyjaciel Richard miał być na kampusie Nowego Jorku, aby wziąć udział w jednym ze swoich egzaminów końcowych na studiach prawniczych. Tak jak za każdym razem, gdy przychodził na moją stronę rzeki Hudson, w końcu pisał do mnie, żebym zjadła z nim kolację. Daj mu około pół godziny na ukończenie testu, a jego zaproszenie pojawi się na moim telefonie.

Przesunęłam palcami po udach, pozwalając im dojść do krawędzi mojego przyciętego krzaka, zanim wróciłam w dół. Tylko trochę drażnię się, żeby się rozgrzać. Nie potrzebowałam tego, nie po tym całym wyzywaniu i dokuczaniu sobie, które zrobiłam sobie w zeszłym tygodniu. Moja cipka prawie ciągle ciekła, a moje sutki nie były miękkie od wieków. Mimo to przed dzisiejszym wyjściem musiałam się maksymalnie rozgrzać. Mój plan polegał na tym, aby być tak napalonym, że pożądanie zagłuszy mój strach przed odrzuceniem, kiedy w końcu spróbuję wyrwać się ze strefy przyjaźni.

Normalnie nie jestem takim mięczakiem. Właściwie jestem bardzo pewny siebie i bezczelnie flirtuję ze wszystkimi na świecie. Ale może to tylko wolność obojętności. Nie obchodzi mnie, co pomyśli o mnie jakiś szybki romans, o ile mnie zdejmą. Richard... cóż, on jest inny. Chciałem czegoś więcej niż tylko szybkiego pieprzenia się z nim. Chciałam, żeby czuł do mnie to, co ja do niego. I chociaż nigdy nie okazywał mi niczego oprócz pozytywności i szacunku, nigdy też nie próbował wyjść poza bycie przyjaciółmi. I jest typem człowieka, który działa zgodnie z tym, czego chce.

„Może właśnie dlatego nigdy się do mnie nie ruszył" – pomyślałem, patrząc na swoje lubieżnie rozłożone ciało. „Jestem bardziej facetem niż dziewczyną. Jestem brudny i drapię się publicznie. Ubieram się dla wygody i nienawidzę makijażu. Cały wolny czas spędzam na siłowni, grając w gry wideo lub oglądając porno. To są definiujące cechy męskości, prawda? O tak, i zostałem friendzone przez mojego najlepszego przyjaciela. Dziewczyny nie powinny być wysyłane do strefy przyjaciół przez swoich męskich przyjaciół, prawda? Jestem prawie pewien, że powinno być na odwrót.

Nie mam typowo kobiecego ciała w kształcie klepsydry. Mając 170 cm wzrostu, byłam trochę wyższa niż większość facetów, z którymi umawiałam się bezskutecznie. Miłość do koszykówki przez całe życie i dbanie o dobrą kondycję sprawiły, że moje mięśnie były nieco lepiej zarysowane, niż pozwala sobie na to większość kobiet. Idealna forma dla uwodzenie kolegów z drużyny... ale daleko mu do delikatnych piękności, z którymi Richard spotykał się przez lata.

Jeśli sprawy potoczyły się źle, to nie było dokładnie tak, że miałem spłukany krąg społeczny, na którym mogłem się oprzeć...

'Przestań! Przestań być takim przygnębiaczem. To dlatego w końcu wymyśliłem ten plan, żeby wyłączyć tę negatywną część siebie. Podniosłem ręce do piersi. Kurwa, czuję się niekobieco, moje cycki są zajebiste. Ich rozmiar miseczki C całkowicie wypełnił moje dłonie przyjemnie kobiecą wagą. Jasne, ich rozmiar czasami przeszkadzał mi w aktywnym trybie życia, ale przyjemność, jaką mi dawały, rekompensowała to z nawiązką. Lekkie przesuwanie dłońmi po sutkach sprawiło, że zadrżałam i zaczęłam ciężej oddychać. Starałam się, aby moje pieszczoty były miękkie i drażniące, ale wkrótce poczułam, że wypycham klatkę piersiową do przodu i ściskam sutki tak mocno, jak tylko mogę stać. Prawie czas na główne wydarzenie.

Mój zewnętrzny dysk twardy prawdopodobnie powinien był znaleźć się na liście powodów, dla których właściwie jestem facetem. Niewiele kobiet, które spotkałem, ma pobrane porno warte 226 koncertów. Z drugiej strony, to nie była moja wina. To wszystko było dziełem Richarda i dokładnie pokazało, dlaczego nasza przyjaźń nigdy nie była czymś, co można by nazwać typowo platonicznym. Nawet siedem lat później wspomnienie spotkania z nim i naszej wczesnej więzi wciąż wywoływało uśmiech. To było takie typowe dla Richarda... pewny siebie, ale nie pełen siebie, stanowczy, ale nie szorstki, jego magnetyzm tak łatwo mnie przyciągnął.

W szkole średniej nie byłam zbyt dobra w nawiązywaniu przyjaźni. Trudno było znaleźć grupę, która by mnie zaakceptowała. Klika graczy najwyraźniej nie wiedziała, jak poradzić sobie z kimś z piersiami, którzy chcieli z nimi grać w League of Legends. Męscy sportowcy nigdy nie grali na pełnych obrotach ze mną lub przeciwko mnie, mimo że byłem podobnego wzrostu lub większy niż większość z nich. I, oczywiście, wolałabym otworzyć żyłę, niż zrobić wszystko, co trzeba, by dopasować się do podstawowych dziwek głównego nurtu kobiecej kultury licealnej.

W żadnym wypadku nie byłam samotniczką. Miałem przyjaciół, ale czuli się bardziej niszowymi graczami niż osobistymi powiązaniami. Na przykład Heather i ja drapaliśmy się nawzajem po grach wideo, ale oboje byliśmy zbyt introwertyczni i niezręczni, by zbliżyć się do siebie. Byłem w dziewczęcej drużynie koszykówki, ale miałem problemy z nawiązaniem więzi z którąkolwiek z moich koleżanek z drużyny 1 na 1 bez udawania praktyki. Krótko mówiąc, nigdy tak naprawdę nie czułem się akceptowany jako coś więcej niż tylko część mnie. Bardzo przyzwyczaiłem się do własnego towarzystwa i rozwinąłem kłującą, cyniczną osobowość, która odpychała wielu ludzi.

Aż do pewnego dnia na ostatnim roku, kiedy Richard został przypadkowo przydzielony jako partner do projektu z zakresu nauk społecznych dotyczącego wpływu ostatnich zmian technologicznych na długoletnie tradycje, organizacje lub branże.

Nienawidziłem projektów grupowych. Wszyscy nienawidzą projektów grupowych. Jedyni ludzie, którzy ich lubią, to bezduszni ekstrawertycy, których przeznaczeniem jest praca gdzieś w dziale HR. Oczywiście jedyną rzeczą gorszą od projektu grupowego jest projekt z kimś popularnym. Zwłaszcza, gdy jest to popularny i gorący chłopak. Wszyscy popularni ludzie, z którymi kiedykolwiek się spotykałem, byli irytująco zadowoleni z siebie i protekcjonalni. Dodaj do tego zazdrosne spojrzenia wszystkich innych dziewczyn i byłam poważnie zirytowana.

Dostaliśmy ostatnie kilka minut zajęć na naradę z naszymi partnerami.

Richard był bardzo popularny. Miał reputację bycia w domu w prawie każdej grupie. I był też poważnie gorący. Ubierał się tylko trochę lepiej niż wymagała tego szkoła średnia i był o cal lub dwa wyższy ode mnie. Patrzyłam, jak przechodzi przez pokój do mojego biurka, zdumiona tym, jak jego krótkie ciemne włosy zdawały się zarysowywać jego twarz, aby wyraźnie podkreślić linię szczęki. To sprawiło, że jego uśmiech wydawał się bardzo szczery i ciepły, jakby zapraszał cię do przyłączenia się do żartu, który znali tylko ty i on.

— Z czego się tak cieszysz? – zapytałem, kiedy dotarł na moje miejsce. Jak mówiłem, kłująca osobowość.

"Czekałem na taką okazję! Ten projekt jest idealny." Skuliłem się, myśląc, że to naprawdę dziwna kwestia podrywu. Po prostu kolejny facet próbuje dostać się do moich majtek.

„Przepraszam, ale musisz się bardziej postarać".

„ Och , daj spokój, nie mów mi, że nie szukałeś idealnego pretekstu do zrobienia szkolnego projektu o porno". Zrobiłem podwójne podejście. „... Okej, to coś nowego".

– Eee... co? Jego uśmiech stał się nieco psotny, ale kontynuował całkowicie poważnym tonem.

„Przez dziesięciolecia porno było schematyczne. Podążało za ustalonym scenariuszem, obejmującym niewielką lub żadną grę wstępną, obciąganie i hardkorową penetrację w wielu nieprawdopodobnych i niewygodnych pozycjach, aż do ostatecznego zastrzyku pieniędzy. Obecnie tego rodzaju rzeczy mają bardzo mało wyświetleń. Popyt jest znacznie wyższe teraz dla bardziej realistycznych przedstawień seksu, zwłaszcza dla amatorów skupiających się na kobiecych przyjemnościach. Wcześniej ludzie kupowali DVD z ogólnymi scenami na każdym. Teraz są setki subredditów poświęconych konkretnym dziwactwom. Co się zmieniło? Czy to po prostu adaptacja do w Internecie? Czy ma to związek z rosnącą oglądalnością i bardziej zróżnicowaną publicznością? Czy dlatego, że jest więcej dostawców próbujących znaleźć konkurencyjną niszę? Musi tam być wystarczająco dużo materiału na artykuł. Co o tym sądzisz?"

Moja szczęka była prawie na podłodze. Był całkowicie poważny. Właśnie podszedł do mnie, nie mrugnął na moją nieuprzejmość, zaczął intelektualnie mówić o porno i wydawał się być zainteresowany tym, co mam do powiedzenia. 'Koleś ma jaja. Muszę to uszanować.

- Wygląda na to, że dużo o tym myślałeś - wyjąkałem.

– Mam – potwierdził. „Interesuje mnie to, co porusza ludzi. A jako nastolatka w okresie dojrzewania wydaje mi się, że niewiele porusza ludzi tak głęboko, jak seks".

„On jest gadatliwy". Klasa się opróżniła i zbliżała się następna klasa. Pospiesznie zebrałem książki do torby. „Cóż, może to nie to samo, ale założę się, że z powodu pornografii będzie więcej oburęcznych ludzi".

„Naprawdę? Dlaczego tak jest?"

„Cóż, potrzebujesz jednej ręki do poruszania myszką, a drugiej do walenia konia". Próbowałem dopasować się do jego intelektualnego tonu, ale nie mogłem sobie z tym poradzić i roześmiałem się na końcu. Zaskoczyło mnie to, nie zamierzałem tego mówić. Zamierzałam wymamrotać coś o potrzebie dostania się na zajęcia i pośpiechu. I kolejna niespodzianka, nie był zwariowany i śmiał się ze mną.

„Może masz rację! Może uda nam się to zmieścić w sekcji podsumowującej „patrzenie w przyszłość". Słuchaj, muszę iść do trygonu, ale wieczorem wyślę ci wiadomość". I równie nagle, jak się pojawił, zniknął.

W ten sposób Richard i ja nawiązaliśmy więź – przez pornografię. Jak mówiłem, nie jest to zwykła platoniczna przyjaźń. Wszystko oczywiście w imię badań edukacyjnych dla naszego projektu.

Dobra, może kontynuowaliśmy to po zakończeniu tego projektu, w którym przy okazji osiągnęliśmy 100. Wysyłał mi link do czegoś gorącego, a ja próbowałam znaleźć coś bardziej gorącego, tam iz powrotem, próbując prześcignąć innych godzinami. Nie zajęło nam dużo czasu, zanim naprawdę zrozumieliśmy, co sprawia, że się nawzajem tykamy.

Ryszard był dominujący. Wyszedł z kontrolowania „swoich" kobiet i zmuszania ich do posłuszeństwa. Wiem to, bo powiedział mi to na samym początku. Zapytałem, w co się pakował, a on dosłownie powiedział mi: „Jestem dominujący. Podnieca mnie poczucie kontroli i bycia z kimś, kto akceptuje moją kontrolę". Okej, może sformułował to trochę inaczej... ale jednak. Powiedział to tak rzeczowo, jakby to była najbardziej naturalna rzecz na świecie.

W tamtym czasie nie byłam ani trochę perwersyjną kobietą. Jednak gust Richarda nie wydawał mi się dziwny. Czułem, że tak powinno być, w końcu pokazał mi trochę sadystycznego gówna, ale tak naprawdę nie było. Nie mogłam go osądzać, ponieważ po raz pierwszy w życiu poczułam, że ktoś naprawdę akceptuje mnie całą. Richard objął tę część mnie, która chciała być kujonem i marzyć o Zrodzonym z Mgły . Zachęcał tę część mnie, która chciała być hiperkonkurencyjna i niszczyć wrogów na boisku do koszykówki i na Summoner's Rift. Rozumiał tę część mnie, która czasami chciała zostać sama. Zadawał mi pytania i sprawiał, że czułam, że mogę odpowiedzieć zgodnie z prawdą – że naprawdę chciał mojej szczerej szczerości. Dał mojej wewnętrznej dziwce bezpieczne schronienie , aby wyjść i nie być osądzanym ani czuć się zagrożonym. I, co być może najważniejsze, zrozumiał, że to, że czasami jestem totalną suką, nie oznacza, że naprawdę go nienawidzę.

Powoli, prawie niezauważalnie dla mnie, BDSM zaczęło mnie podniecać. Zagłębiłem się w to bardziej, próbując znaleźć nowy materiał, który go podnieci. On z kolei karmił mnie stałą dietą złożoną z dziwaków. Dieta dopasowana do mojego gustu. Na przykład identyfikuję się jako biseksualista, ale tak naprawdę moknę tylko dla określonego rodzaju kobiet. Kogoś, kto jest bardzo silny i zachwyca mnie. Trudno to opisać, ale wiem to, kiedy to widzę, i on też. Zakochałam się, kiedy pokazał mi Queensnake . Ona i wszystkie jej modelki to pieprzone boginie wytrzymałości fizycznej, dyscypliny umysłowej i siły emocjonalnej. Moje oczy znajdowały się cale od ekranu, obserwując, jak bierze udar za udarem i udaje jej się podnieść za każdym razem. Chyba nigdy w życiu nie byłam tak mokra. Tak bardzo ją podziwiałem i chciałem być taki silny.

Ale nigdy nie było między nami seksu . Nigdy nie rozmawialiśmy o masturbacji, chęci pieprzenia się z modelkami, wysiadaniu czy czymkolwiek. Mówiliśmy „to jest gorące" lub rozmawialiśmy o tym, co nam się w tym podobało, a co nie, ale w wyraźnie nieseksowny sposób. Na początku było świetnie, ponieważ sprawiało, że wszystko wydawało mi się bezpieczne. Udało mi się wyrazić część tabu mnie przed kimś, kto nie tylko próbował dostać się do moich majtek.

Ale potem zdałem sobie sprawę, że chcę dostać się do spodni Richarda. Potem przestało być tak wspaniale. Do tego czasu ukończyliśmy studia i uczęszczaliśmy do różnych college'ów oddalonych od siebie o trzy stany. Nasz związek ewoluował. Widywaliśmy się tylko online lub podczas wakacji, odwiedzając dom. Pornograficzna część naszej dynamiki drastycznie zwolniła, aż w końcu się zatrzymała, kiedy oboje zaczęliśmy się spotykać. Cóż, spotykał się. Rzuciłem się na najgorętsze ciało na każdej imprezie.

Niemniej jednak była to niezwykle kształtująca część mojego życia, a cała nasza stara historia rozmów przez komunikatory internetowe została zapisana na moim zewnętrznym dysku twardym. Lata linków, pobrań i erotyki przeleciały mi przed oczami, gdy ładowałem je na laptopa. W ciągu wielu przyjemnych nocy uporządkowałem to wszystko w folderach z Kultowymi pogawędkami, Boginiami, Uległymi fantazjami, Romantycznymi gejami, Przyjaciółmi kochanków (moja szczególnie winna przyjemność) i dziesiątkami innych. Czasami chcę coś losowego, czasami coś konkretnego. Tego dnia w pracy spędziłem żenującą ilość czasu, marząc o jednym ulubionym filmie.

Moje palce zanurkowały w moją cipkę, gdy włączyłem odtwarzanie „Amatorka robiąca loda swojemu chłopakowi (#14)". Jej pasja i podniecenie sprawiły, że zrobiło się gorąco, gdy ustami uwielbiała jego kutasa. Jej twarz była kolażem rywalizujących ze sobą emocji - podniecenia, radości, skupienia, przyjemności i miłości - gdy jej oczy przeskakiwały między twarzą jej kochanka a jego kutasem. To tak, jakby wiedziała, że powinna utrzymywać kontakt wzrokowy podczas ssania go, ale nie mogła się powstrzymać przed wpatrywaniem się w jego kutasa. I to był piękny kogut! Myśl i zgrabna, wyglądało na to, że cudownie wypełni moją cipkę.

Zwinąłem palce w sobie, pocierając punkt G, dotykając łechtaczki i wyobrażając sobie, że jestem wypełniony przez penisa w jej ustach. Moje serce pędziło w rytm jej kołyszącej się głowy, a każde uderzenie wysyłało przeze mnie impulsy pożądania, sprawiając, że moja cipka pulsowała z pożądania. Moje mięśnie napięły się i mimowolne dźwięki wymknęły się ze mnie. Właśnie takiego niechlujnego lodzika chciałem zrobić Richardowi! Czuję jego pulsującego twardego penisa w ustach... jego ręce na mojej głowie, które kierują moim rytmem... Przyjemność z gry to piękna twarz, uczucie jego twardego brzucha napinającego się, jego nogi drżą przy moich bokach, gdy go ssę. Jęknęłam z przyjemności przepływającej przeze mnie, wyobrażając sobie, że może poczuć mój głos na swojej męskości. Moja cipka promieniowała ciepłem jak ogień, pozornie odporna na wszelkie mokre soki, które się ze mnie wylewały.

Coś innego. Kolejny film. Gdybym został z tym do końca, aby zobaczyć jej wyraz czystej satysfakcji po tym, jak połknęła jego ładunek, doszedłbym w kilka sekund i musiałem się powstrzymać. Dokuczanie i zaprzeczanie to jedna z ulubionych gier Richarda, a ja nie jestem w niej tak dobry jak niektórzy blogerzy, których obserwuję, ale stawka była wysoka, co powstrzymywało mnie przed przewróceniem się. Zadowolony mnie jest racjonalny. Racjonalna ja denerwuje się i boi się ryzykować. Racjonalna ja przez lata powstrzymywała się od wyznania Richardowi swojego pociągu, a ona nie miała żadnego powodu, by wychodzić dziś wieczorem!

Byłem tak pochłonięty masturbacyjnym hedonizmem, że przez jakiś czas nie widziałem nowego alertu tekstowego.

Richard: Hej, jestem dziś wieczorem w twojej okolicy. Czy chciałbyś zjeść ze mną kolację?

„To chyba jedyny facet na Ziemi, który używa poprawnej interpunkcji w tekstach" — pomyślałem. Nasza historia wiadomości tekstowych była długim ciągiem idealnie poprawionych angielskich od niego, kontrastujących ze stenografią tekstową i emotikonami ode mnie. To było to! Wszystko zgodnie z planem! Dobra, nie myśl, po prostu pozwól swoim hormonom mówić za ciebie.

Erika: tak, brzmi dobrze

Erika : Jest coś, o czym chciałam porozmawiać

Erika: nie pozwól mi powiedzieć, że to Nic

'Powodzenie!' Spodziewałem się, że pochłonie mnie żal i będę chciał to cofnąć, ale tak się nie stało. Trochę zdenerwowany, ale podekscytowany. Moja łechtaczka, zdezorientowana tym, gdzie zniknęła jej przyjemność, pulsowała z frustracji. Uśmiechnąłem się i delikatnie pogłaskałem ją jak szczeniaka. „Nie martw się, wkrótce będziesz miał prawdziwą akcję... Mam nadzieję". Przypuszczam, że trudno jest odczuwać zbytni niepokój, gdy w twoich żyłach krąży tyle pożądania.

Właściwie, co miałem do stracenia? Richard był moim najlepszym przyjacielem przez siedem długich lat, ale przez większość z nich nasz związek nie był tym, czego chciałam. Nigdy nie czułam się naprawdę spełniona z żadnym z moich partnerów i byłam niemal morderczo zazdrosna o wszystkie jego dziewczyny. Poza tym, racjonalnie rzecz ujmując, był to idealny moment. Oboje byliśmy samotni i mieszkaliśmy tak blisko siebie, jak dwoje pracujących dorosłych mogło mieć taką nadzieję.

Dobra, może to był „idealny czas" już od kilku miesięcy, kiedy się ociągałem... ale to nie miało znaczenia!

Coś się stało z jego ostatnią dziewczyną. Byli razem przez ponad dwa lata, ale ich zerwanie było złe. Nigdy nie rozmawialiśmy o jego romantycznych partnerach, prawdopodobnie dlatego, że robiłem się zrzędliwy, gdy pojawiali się po raz pierwszy. Cokolwiek to było, było tak źle, że teraz próbował stłumić swoją naturalną perwersyjną dominującą stronę i szukał waniliowej satysfakcji w mnóstwie połączeń z Tindera. Wydawał się mniej podobny do siebie... mniej pewny siebie i zawsze lekko zmęczony.

Bardziej niż tylko moją nieodwzajemnioną atrakcyjnością, chciałam mu pomóc. Chciałem być tym, który w pełni go objął i pozwolił mu być prawdziwym sobą, tak jak zrobił to dla mnie. Po wielu próbach wyciągnięcia go z siebie, w końcu zdałam sobie sprawę, że jedynym sposobem na to jest danie mu nowej uległej. I to miałem być ja.

W porządku, w porządku, bardziej niż trochę się tym denerwowałem. Richard był z natury bardzo dominujący, ale ja nie byłam urodzoną uległą. Chciałem być dla niego jednym, ale nie wiedziałem, jak dobrze mogę się zaprezentować. „Będzie dobrze", powiedziałem sobie po raz setny, „najpierw zabierz go na pokład, a potem martw się perwersyjnymi rzeczami".

Richard: Cóż, teraz masz moją uwagę. Wpadnę do twojego domu za godzinę. Czujesz się Włochem?

'Godzina!?!' To nie było tak, że kiedykolwiek spędziłem eony przed lustrem, ale naprawdę potrzebowałem prysznica. Gorąca woda spływająca po moich włosach, sutkach i między nogami... mmm... Coś mi mówiło, że potrzebuję trochę czasu, żeby się porządnie umyć.

CZĘŚĆ 2

25

Przybył w garniturze, z krawatem, perfekcyjnie wyprasowanymi spodniami i spinkami do mankietów. Wszystko po to, by wziąć udział w finale. Typowy. Nie jest dla mnie jasne, czy w ogóle miał parę dżinsów. Letni wieczór o temperaturze 85 stopni , a on jest ubrany, by zaimponować, i nadal wygląda irytująco czysto, chłodno i zrelaksowany. Najwyraźniej pot zdarzał się innym ludziom. Ja, z drugiej strony, wybrałam zwykłe dżinsy i podkoszulek. Ładnie wycięty podkoszulek, który cudownie eksponował moją klatkę piersiową. Dałam sobie trochę eyelinera, co jest dla mnie wręcz fantazyjne, ale nadal byliśmy dość niedopasowaną parą.

To było dla nas zupełnie typowe. On prawie zbankrutował na modzie, podczas gdy ja prawdopodobnie połamałabym sobie nogi, gdybym spróbowała chodzić w szpilkach. Chociaż drażniłam się z nim z tego powodu, musiałam przyznać, że dzięki temu wyglądał cholernie dobrze. Sposób, w jaki ostro skrojone ubrania opinały jego boki i podkreślały jego atletyczną sylwetkę... a te spodnie przylegały dokładnie do jego tyłka...

W pobliżu domu Richarda na Brooklynie są dosłownie tysiące niesamowitych miejsc do jedzenia. Nowy Jork, z drugiej strony... nie tak bardzo. Życie po niewłaściwej stronie Manhattanu ma wiele zalet. Jak na przykład możliwość opłacenia czynszu i możliwość opuszczenia domu bez narażania się na mobbing. Największym z nich jest widok. Widoki na centrum Manhattanu z Nowego Jorku to jedne z najlepszych widoków na miasto na Ziemi. Byłem z tego powodu bardzo szczęśliwy, ponieważ Richard i ja zamieszkaliśmy we włoskiej restauracji nad wodą, ponieważ odciągało to jego uwagę ode mnie, gdy walczyłem o opanowanie.

„Po prostu oddychaj", powiedziałem sobie, „To Richard, codziennie rozmawiasz z nim online". Ale ani razu nie sprawdził mojego dekoltu. Nawet nie spojrzałem na mój tyłek, kiedy wiązałem buta. Nie napełniło mnie to zaufaniem.

„To niesamowite", powiedział, spoglądając ponad wodą w kierunku Battery Park i Wall Street. „Przyciąga moją uwagę bez względu na to, ile razy to widzę".

"Tak."

Przyjemna bryza owiewała nad nami wodę, odpędzając najgorsze letnie upały. Falował przez włosy Richarda w bardzo przyciągający wzrok sposób. Ciepło rozlało się po moim ciele, które nie miało nic wspólnego z temperaturą. Był po prostu cholernie seksowny w garniturze... Po drugiej stronie ulicy od naszego stolika turyści tłoczyli się na nadrzecznej ścieżce. Grupa z kijem do selfie przeszkadzała wszystkim innym, a niektórzy motocykliści na próżno próbowali poruszać się szybciej niż czołganie. Oboje śmialiśmy się, gdy jeden nieostrożny dzieciak zgubił precla na rzecz mewy.

- Wiesz, że umieram z napięcia tutaj.

Podskoczyłam, zdając sobie sprawę, że jego uwaga skupiła się na mnie. Czas mu powiedzieć. Ale nagle mgła podniecenia, przed którą próbowałam się ukryć, zniknęła. Motyle trzepotały w moim brzuchu i poczułam, że się rumienię. — To Ryszard! Wszystko inne mu powiesz! Gdyby był kimkolwiek innym na świecie, już byś z nim flirtował. Na litość boską! Jesteś dorosłą kobietą, weź się w garść.

"Co?" tylko tyle udało mi się wydostać. ' Cholera !'

„Hmm... zobaczmy , czy mogę zgadnąć. Nie skończyłeś projektu ARA w pracy, świętowałbyś to od razu, nie będąc tajemniczym. To samo dotyczy zwolnienia Tylera. podnieść , bo inaczej kupiłbyś najdroższe wino z menu. Ten kawałek na końcu bardzo mnie ciekawi . „Nie mów, że to nic". Co możesz przez to powiedzieć?"

Richard jest całkowitym niewolnikiem własnej ciekawości, więc spodziewałam się czegoś takiego i spędziłam godziny zastanawiając się, jak sobie z tym poradzić. Wypróbowałem kilka wariantów taktownego wejścia w temat. Nienawidziłem ich wszystkich. Subtelność to naprawdę nie moja bajka. Westchnąłem, zacisnąłem zęby i wybuchnąłem:

"Chcę być twoją dziewczyną." Nie często widzę zaskoczenie na twarzy Richarda. Miło było tak zamienić nasze typowe role. Niech choć raz wytrąci go z równowagi. Powiedziałem to! W końcu to powiedziałem! „Boże, chciałem to powiedzieć od lat! Ale zawsze się z kimś spotykałeś albo byłem zbyt wielkim tchórzem, albo miałem nadzieję, że sam się do mnie dotkniesz ". Próbowałem ocenić jego reakcję, ale nie mogłem. Miał poważną pokerową twarz i to mnie niepokoiło. „I... chyba mam już dość czekania. I wiem, że byłeś nieszczęśliwy przez te wszystkie randki z Tindera. Odkąd zerwaliście z Chloe, próbowałeś być kimś, kim nie jesteś. być ze mną w pełni sobą. Więc tak, jest... proszę, powiedz coś.

Czy ten strach malował się na jego twarzy? Nie... obawa? W moim żołądku otworzyła się dziura , grożąc, że mnie do niej wciągnie. Ale nie, było ich więcej. Pragnienie? Tęsknota? Czy po prostu pokazywałem sobie emocje, które chciałem zobaczyć? 'Proszę powiedz coś!' Wewnętrznie błagałem: „proszę!"

Wreszcie to zrobił. „Wow, to dużo do przyjęcia". Część całunu uniosła się, a on uśmiechnął się niepewnie. - Możesz się zrelaksować. Pragnę cię. Bardzo.

"Ty robisz?" „AHHHHH!"

- Tak, i przepraszam, jeśli sprawiłem, że poczułeś się niechciany.

Jego słowa i wyraz twarzy nie pasowały do siebie. - Nie wyglądasz na zachwyconą.

Westchnął. - Myślę o tym, co powiedziałeś, że jestem kimś, kim nie jestem. Przypuszczam, że masz rację, ale chciałbym usłyszeć to z twojej perspektywy. Dlaczego tak mówisz?

„Wydawałeś się zły na siebie. Nie tyle wokół mnie, ale ogólnie. Nie wydajesz się taki pewny siebie i masz te małe opóźnienia. To tak, jakbyś miał normalną reakcję na rzeczy, które tłumisz lub ponowne przemyślenie czy coś. Zauważyłem to trochę po twoim zerwaniu i wydawało mi się, że nie czujesz się lepiej. Przyznanie się do następnej części było trudne, ale trzeba było powiedzieć: „słuchaj, wiem, że byłam cholernie zazdrosną suką o wszystkie twoje dziewczyny i przepraszam, że nigdy nie zapytałam o ciebie i Chloe, ale wiem, że była twoją pierwszy naprawdę poważny długoterminowy związek D/s. Sprawy skończyły się źle z nią i próbowałeś wyłączyć dominującą część siebie. Ale nie możesz. Po prostu to, kim jesteś i to część ciebie sprawia, że jesteś szczęśliwy."

- A ty mówisz, że nie jesteś spostrzegawczy w stosunku do ludzi... - mruknął do siebie. Potem, głośniej, „Więc chcesz się ze mną umówić, żeby mnie z powrotem poskładać?"

Znacząco zmierzyłam go wzrokiem od góry do dołu, pozwalając moim oczom zatrzymać się na jego ustach, jego wysportowanej sylwetce i prosto w krocze. - Cóż... to nie tylko powód. Nigdy nie próbowałam z nim flirtować i dobrze się z tym czułam. Chciałem odsunąć rozmowę od przygnębiających obszarów i skupić się bardziej na nas razem, ale to nie zadziałało.

- A co, jeśli istnieje dobry powód, dla którego chcę zostawić wymianę energii? Co, jeśli poważnie skrzywdzę Chloe i uznam, że podniecanie się bólem mojego kochanka jest trochę popieprzone?

„O Boże, jak bardzo on cierpi w środku?" Czułam się okropnie, zdając sobie sprawę, że moja zazdrość powstrzymała mnie od okazywania wsparcia. Chciałem go przytulić, ale wiedziałem, że to nie jest sposób, aby się do niego dostać. Najlepiej reagował na racjonalność. „Sugerujesz, że byłeś agresywny i bardzo wątpię, żeby to była prawda. Jesteś jedną z najbardziej empatycznych osób, jakie znam. Czy mylę się co do tego?"

kilka razy zawiodłem jej zaufanie . Cóż, uczciwie przypuszczam , że obaj złamaliśmy wzajemne zaufanie. Ale mimo to..."

– Richardzie – przerwałam mu – mamy dwadzieścia pięć lat. Jesteśmy młodzi! Czasami robimy rzeczy, których żałujemy. Wzięłam jego rękę z drugiego końca stołu i ścisnęłam ją dla podkreślenia. „Nie możesz wiecznie się karać. Zasługujesz na szczęście". Jego ręka była silna i mocna w mojej. Trzymanie go sprawiało mi większą przyjemność, niż się spodziewałem.

Oboje spojrzeliśmy na nasze złączone dłonie. Wydawało się, że on też to lubi. Ale i tak nie był przekonany. Wydawało mi się, że jestem blisko...

Przycisnąłem go trochę mocniej, „Słuchaj, nie jesteś teraz szczęśliwy. Nie zaprzeczaj, oboje wiemy, że to prawda . Pomijając powody, dałeś waniliowemu stylowi życia więcej niż uczciwą szansę, a eksperyment się nie powiódł. czas spróbować wrócić na metaforyczny rower? Starszy i mądrzejszy, wiesz ?" Wstrzymałem oddech, gdy o tym myślał. Mijały sekundy, ale nie wiedziałem, co jeszcze powiedzieć.

Powoli uśmiechnął się. Coś się w nim zmieniło, prawie niezauważalnie. W moich oczach wydawał się nieco większy i nieco mniej spięty. Mogłem powiedzieć, że to nie koniec. Nadal czekało mnie dużo pracy, by wyleczyć jego blizny, ale wydawał się chętny dać mi szansę.

„Masz rację, nie byłem szczęśliwy. Przyznaję, przegapiłem to". Posłał mi wilcze spojrzenie, głodne pożądania. „Może to samolubne z mojej strony, ale czuję, że chciałem, żebyś mnie do tego namówił. Może szczególnie dlatego, że to ty..." Niewątpliwa żądza w jego oczach całkowicie mnie zachwyciła. Tym bardziej, że to ja? Czy to możliwe, że on też o mnie fantazjował? Mój oddech przyspieszył, a moje pragnienie ponownie się rozpaliło. To zaczęło wydawać się prawdziwe. Miałem go zdobyć! Chwyciłam jego dłoń mocniej, zaborczo. 'Kopalnia!'

- Ale mimo to - kontynuował Richard - chcę się upewnić, że rozumiesz, w co się pakujesz. Istnieje duża różnica między byciem moją dziewczyną a byciem uległą.

– W porządku, chcę być... – Uciszył mnie wzrokiem. Do dziś nie mam pojęcia, jak on to robi. Fizycznie nic się w nich nie zmienia, ale jakoś to działa za każdym razem. To był pierwszy raz, kiedy naprawdę poczułam jego dominację skierowaną na mnie. Czułam to już wcześniej, ciągle widziałam to na wystawie w różnych odcieniach, ale nigdy tak naprawdę nie uderzył mnie tym w ten sposób. Dało to natychmiastowy efekt. Słowa zamarły mi w ustach i zadrżałem. Przycisnęłam nogi do siebie, czując, jak narasta we mnie ciepło.

„To ważne. Jeśli naprawdę chcesz, żebym był sobą w pełni i nieokiełznaną, to nie mówimy tylko o perwersyjnym seksie kilka razy w tygodniu. Mówimy o tym, żebyś mi się oddawał. Fizycznie, psychicznie i emocjonalnie, będę dążyć do posiadania całości tego, co cię czyni , Eriko. Byłoby to bardzo różne od przyjaźni, którą mieliśmy przez całe nasze dorosłe życie. Jesteś pewna, że tego chcesz?

Bez wahania przyjęłam jego poważny ton. „Tak. Chcę spróbować. Będzie krzywa uczenia się, ale chcę tego".

„Wiem, że tak. Masz nastawiony umysł i jesteś zdeterminowany, aby to osiągnąć. Zabawa z tą twoją upartością będzie całkiem zabawna". Przyglądał mi się , o wiele bardziej jawnie seksualnie niż kiedykolwiek w całym naszym związku. Celowo pokazując mi swoją uwagę na moich piersiach, ustach, szyi. Zacisnęłam mocniej nogi, rozkoszując się jego uwagą. Gdy patrzył otwarcie na mój dekolt, moje sutki stwardniały, jakby chciały też jego uznania.

– Mimo wszystko – kontynuował Richard – nie będę się czuł dobrze, jeśli nie zrobię wszystkiego, co w mojej mocy, aby dać ci tyle zrozumienia, ile to możliwe, zanim zmienimy coś między nami. Ale trudno mi o tym mówić, ponieważ nigdy nie doświadczyłem łodzi podwodnej. strona." Zastanowił się, po czym wyciągnął telefon i przejrzał kontakty. „Jest moja znajoma, która mieszka dość blisko i chciałbym ją zaprosić do nas. Może ci powiedzieć wszystko, co chciałaby, żeby ktoś jej powiedział, zanim pogrążyła się w uległości".

Pomyślałem, żeby się cofnąć. Byłam już cholernie pewna, czego chcę. Chciałem tylko szybko skończyć kolację, pobiec do domu i rozebrać go z tego garnituru. Ale próbował zrobić to, co uważał za słuszne i czułby się lepiej wiedząc, że to zrobił. Pogodziłem się więc z czekaniem jeszcze trochę. - Jeśli to dla ciebie naprawdę ważne, w porządku.

– Pomyśl o tym jak o świadomej zgodzie. Poza tym polubisz ją. Jest w twoim typie. Przerwał, rozważając, zanim kontynuował, „i jest trochę podstawowych informacji, które prawdopodobnie powinieneś najpierw poznać".

„Trochę" nie do końca to obejmowało. Okazało się, że Richard nigdy mi nie powiedział, kiedy chronił mnie przed zazdrością o dziewczynę. On i Chloe poznali kilka podobnie myślących par na Fetlife i spotykali się co kilka tygodni. Był skąpy w szczegółach, ale brzmiało to tak, jakby ich spotkania były bardzo seksualne w nie do końca monogamiczny sposób. Tęskny wyraz pojawił się na jego rysach, gdy opisywał otwartą dynamikę między nimi, jak umożliwiali i wspierali się nawzajem oraz jak miło było być otwarcie perwersyjnym wśród ludzi, którzy rozumieli. Najwyraźniej oddalił się od nich od czasu zerwania. Ta jego przyjaciółka, Cathy, należała do tej grupy ze swoją kochanką i mieszkała niedaleko. Mały świat.

CZĘŚĆ 3

Cathy pojawiła się przy naszym stoliku, gdy płaciliśmy rachunek. Mówię „pojawiła się", ponieważ naprawdę wydawało się, że zmaterializowała się znikąd. W jednej sekundzie Richard wyliczał wskazówki matematyczne, aw następnej obejmowała go drobna, blada kobieta. Wywnioskowałem, że nie widzieli się od jakiegoś czasu z jej oskarżeń, że Richard jest do kitu w utrzymywaniu kontaktu i że jest kutasem, bo namówił ją na spotkanie w środku nocy.

Tak jak powiedział Richard, podobała mi się jej sylwetka. Była niska, o głowę niższa ode mnie, ale atletycznie zbudowana, z twardymi dłońmi i nogami wędrowca. Miała na sobie T-shirt z nadrukiem lokalnego baru i dżinsy z dziurami na kolanach, żeby były szortami. Jej piersi wyglądały wspaniale, jędrne i wystarczająco pełne, by sprawiały przyjemność, ale na tyle zwarte, by nie przeszkadzały jej podczas biegania. Jej twarz okalały krótko ścięte rude włosy, przekrzywione na bok, by pokazać kolczyk w oczodole i helisie w jednym uchu. Skupiła się na tym, żeby jednocześnie mi się przyglądać, kiedy ją objąłem. Nasze spojrzenia się spotkały, a iskra przyciągania między nami sprawiłaby, że zadzwoniłby mój gejdar, nawet gdyby Richard nie wspomniał o jej kochance. Rzeczywiście mój typ. Wyprostowałem się i udałem, że wypinam klatkę piersiową.

Podobało jej się to, co zobaczyła. „Kto jest twoim uroczym przyjacielem?" Zapytała. Kiedy usłyszała moje imię, Cathy sapnęła: „Jesteś tą, o której on zawsze mówi! Wspaniale, że w końcu cię poznałam, naprawdę się cieszę, że ten idiota w końcu doszedł do siebie i sprowadził cię do naszego świata".

— On zawsze o mnie mówi? Odłożyłem to na później.

„Właściwie", zauważyłem, „on nic nie zrobił. Zaprosiłem go na randkę, a on wciąż się ociąga".

Cathy spojrzała na Richarda z niedowierzaniem. – Zostałeś zaproszony na randkę przez dziewczynę?

Roześmiał się: „Czy naprawdę tak trudno uwierzyć, że ktoś może uznać mnie za atrakcyjną?"

„Trudno uwierzyć, że potrzebujesz kogoś innego do przejęcia inicjatywy".

Dołączyłam do śmiechu Richarda, szczęśliwa, że ktoś jeszcze docenił moją walkę. - Nie rób ze mnie też zgrupowania! żartobliwie podniósł ręce. „W każdym razie, zanim za bardzo się w to zagłębimy, prawdopodobnie powinniśmy oddać im ich stolik. Oboje lubicie lody? W pobliżu jest dobre miejsce".

Skończyło się na chrupaniu zimnego, kremowego cudu cukru w parku niedaleko mojego domu. Przybliżyliśmy Cathy bardziej i polubiłem ją. Sposób, w jaki łączyła żywiołowe ciepło z lekceważącą bezpośredniością, sprawiał, że bardzo łatwo było się z nią połączyć. Miała wiele do powiedzenia na temat „naszego świata", jak to ujęła.

Niektóre z jej obserwacji były mniejszymi, zabawnymi anegdotami. Na przykład, jak znalazła się w swoich analogiach, mieszając mankiety i krótkie rękawy, i musiała obserwować siebie w pracy. Albo jak najczęstszym powodem, dla którego musiała przerwać scenę niewoli, było skorzystanie z łazienki.

Inne były większe i bardziej abstrakcyjne. Wszystko w życiu Cathy wydawało się naładowane. Wzloty były wyższe, upadki niższe i rzadko czuła się neutralna. Jej kochanka chciała kontrolować orgazm, więc Cathy była wiecznie napalona. Wszystko, co robiła, było w jakiś sposób seksualne, od ubierania się rano, przez zamawianie Starbucksa, po spotkanie z nieznajomym i odruchowe sprawdzanie go. Czasami coś tak prostego, jak wzięcie głębokiego oddechu w pogodny, słoneczny dzień, może sprawić, że poczuje się niesamowicie ŻYWA w sposób pisany wielkimi literami. Daleki od odstraszenia mnie, czy czegokolwiek oczekiwał Richard, bardziej mnie to zainteresowało. Moje własne eksperymenty w tym dziale dały mi pewien sens tego, co próbowała powiedzieć, i spodobał mi się pomysł dodania pikanterii do mojego codziennego życia. Obwiniała o wszystko Richarda, którego nazywała „Czarnoksiężnikiem", za wprowadzenie jej kochanki w droczenie się i zaprzeczanie.

Wyraz jego twarzy sprawił, że zapytałem: „Dlaczego jesteś „Czarodziejem"?"

Zignorował mnie i spojrzał groźnie na Cathy. „Miałem nadzieję, że zapomniałeś tego cholernego przezwiska. Dlaczego nie powiesz jej o swoim, Firefly?" Z jakiegoś powodu, pomimo wszystkich osobistych seksualnych rzeczy, którymi już bezwstydnie się dzieliła, policzki Cathy się zarumieniły.

"Jej jest łatwe, jej włosy są naprawdę ogniste," zauważyłem.

„Tak, Firefly, ponieważ jestem ruda" – powiedziała szybko Cathy. „W każdym razie wracając do Wiz—"

"Cathy". Richard gładko przeciął jej słowa jak nóż. Ani głośniej, ani ciszej, ale z niewątpliwym autorytetem, który przyprawił mnie o dreszcze, a Cathy podskoczyła, jakby przyłapano ją na telefonie w pracy.

"Cienki!" Wyznała: „Mam swoje przezwisko w naszej małej grupie, ponieważ kiedy Mistress Sam daje mi klapsa, mój blady biały tyłek świeci jak świetlik". Wszyscy się śmialiśmy. To mnie jednak zastanowiło. Wystarczająco dużo ludzi widziało to zjawisko , żeby mieć przydomek?

– Ile osób widziało, jak dostałeś klapsa?

„Wszyscy w grupie spotkań i kilku innych naszych przyjaciół". Zarumieniła się jeszcze bardziej, sprawiając, że rozjaśniła się w bardzo uroczy sposób. „To nie jest najcięższe gówno, jakie zdarzyło się tłumowi".

„Jakie jest najcięższe gówno, jakie wydarzyło się w tej grupie?" Zastanawiałem się, ale postanowiłem odłożyć to pytanie na inną okazję. Richard się odwrócił i nie mogłam pozwolić mu tak po prostu odwrócić uwagi od siebie.

- Wracam teraz do ciebie. Dlaczego jesteś Czarodziejem?

— To dlatego, że potrafi czarować... — zaczęła Cathy

- Nie umiem czarować - powiedział Richard, przewracając oczami.

„...Nawet jeśli temu zaprzecza," przecisnęła się przez przerwaną mu rozmowę. „Na szczęście nie musisz wierzyć mi ani jego na słowo! Możesz spojrzeć na dowody i sam zdecydować". Wyciągnęła telefon.

„Nie mów mi, że masz zapisane to wideo i nosisz je ze sobą wszędzie". Ryszard jęknął.

„ Oczywiście , że tak! Czy masz pojęcie, jak gorąco jest dla nas, poddanych?" Podała mi swój telefon, „masz jakieś słuchawki? Proszę, użyj moich. Poważnie, Richard, to dobrze, że ona zobaczy, czy chcesz dać wyobrażenie o tym, jak intensywna może być wymiana mocy".

Westchnął, ale skinął głową. „Dobrze, ale pamiętaj, że to skrajny koniec. To powinno służyć jako ostrzeżenie".

Patrzyłem między nimi, próbując zdecydować, jak bardzo są poważni. „To dużo nagromadzenia. Wybacz mi, jeśli jestem sceptyczny, że cokolwiek może temu sprostać". Richard uśmiechnął się porozumiewawczo, jakby chciał mi przypomnieć, że spędził lata wymieniając się ze mną pornografią i cholernie dobrze wiedział, co spełni moje oczekiwania.

Słuchawki włożone, wciskam play.

Natychmiast zostałem zaatakowany przez graficzny seks. Kamera skupiła się na ładnej kobiecie leżącej na plecach na podwyższeniu stołu z zamkniętymi oczami, ramionami wzdłuż ciała i rozłożonymi nogami. W szczególności skupił się na jej cipce, która była wyraźnie bardzo gorąca. Strumienie wilgoci spłynęły z jej pupy do tyłka, a mięśnie miednicy napięły się. Ciemna postać przykucnęła przy jej głowie i zdawała się szeptać jej do ucha. Czasami ją pieścił. Jej twarz, szyja, włosy, jego dotyk były delikatne i zdawały się emanować ciepłem, uczuciem... i miłością.

Poruszyłem się niespokojnie. Najwyraźniej na stole leżała Chloe, a nad nią Richard. „Nie bądź zazdrosny, teraz jest twój, wkrótce te palce będą cię pieścić".

Nigdy nie schodził poniżej jej obojczyków, ale jej ciało reagowało, jakby przycisnął wibrator do jej łechtaczki. Jej mięśnie brzucha napięły się, piersi nabrzmiały , a wszystkie mięśnie zadrżały. Miała konwulsje, ale ani razu się nie poruszyła, jakby była mimem udającym, że jest związana niewidzialnymi linami. Jej ramiona naciskały prosto w dół, podczas gdy jej uda walczyły ze sobą, by jednocześnie otworzyć się szerzej, zacisnąć razem i jednocześnie pozostać idealnie nieruchomo. Z minuty na minutę jej zmagania stawały się coraz wyraźniejsze. Jej wargi sromowe zalała krew, a jej łechtaczka stała się między nimi wyraźnie widoczna. Jęknęła swobodnie, jak gwiazda porno grająca rolę głodnej kutasa dziwki. Richard przesunął się, by być obok niej, jak Książę z bajki pochylający się nad Królewną Śnieżką, ale nieskończenie bardziej z oceną X. Wciąż szepcząc do niej, przybliżył się do jej ust. Biodra Chloe uniosły się w powietrze, stając się coraz bardziej szalone, im bardziej Richard zbliżał się do celu.

Potem Richard ją pocałował, a cipka Chloe eksplodowała w orgazmie. Jej łechtaczka wyglądała, jakby miała pęknąć , a jej pochwa nie mogłaby skurczyć się mocniej, gdyby miała w sobie kutasa, którego mogłaby chwycić. Poczułam jak szczęka mi opada. Nic poza powietrzem nie dotknęło żadnej erogennej części jej ciała. Moje własne ciało zareagowało na surową furię orgazmu Chloe, gdy wciąż dochodziła i dochodziła . Usta Richarda wciąż przyciskały się do jej ust, jego język wyraźnie w jej ustach, jej orgazm trwał ponad półtorej minuty.

Ekran zrobił się czarny.

– Jak ty to kurwa zrobiłeś? – zażądałem od Richarda. On i Cathy zaśmiali się.

„Powinieneś widzieć, jak twoje oczy się rozszerzają" Cathy droczyła się ze mną. „Jak powiedziałem, on jest cholernym czarodziejem".

Richard wzruszył ramionami, ale wyglądał na wyraźnie zadowolonego z siebie. „Proste. Kazałem jej dojść, a ona posłuchała".

– Jak to ma być ostrzeżeniem? Zapytałam. „Żadna kobieta na Ziemi nie mogłaby tego zobaczyć i nie chcieć spróbować. Zrób to też dla mnie, proszę". Wskazałem na ekran: „Zjem to, co ona".

„Okej, żarty na bok, istnieje wiele uwarunkowań, które sprawiają, że taka hipnoza jest możliwa". Cathy wyszeptała „Czarodziej" za plecami Richarda, kiedy ten powiedział „hipnoza". „To nie jest kontrola umysłu, wymagała od niej autentycznej chęci wpuszczenia mnie do swojego umysłu i bycia mi posłusznym. W każdym razie, cofnij się o sekundę. Czy możesz zapewnić sobie orgazm bez użycia rąk? Któreś z was? Oczywiście, że nie, to jest dlaczego ten film jest dla ciebie tak fascynujący. Chloe też nie".

„Ale", wskazałem na telefon, „po prostu widziałem, jak to robiła".

„Tak i nie. Tak, miała orgazm bez fizycznej stymulacji. Ale nie, nie mogła sobie tego dać. Powiedziałem jej, żeby to zrobiła. To jest twoje ostrzeżenie, Eriko. Jego uśmiech zniknął, a jego spojrzenie wbiło się we mnie, jakby próbował wcisnąć mi swoją wiadomość swoim ciężarem. „W bardzo realny sposób powiedziałem jej, żeby zrobiła coś, co było dla niej niemożliwe na własną rękę, ale i tak mnie posłuchała. Taką władzę może sprawować dominująca nad uległą. Taką kontrolę mogę mieć nad tobą Jeśli cię to nie martwi, przynajmniej trochę, powinno.

Cathy skinęła głową, również poważnie, „To prawda. Ze mną jest tak samo. Po jakimś czasie tak bardzo przyzwyczajasz się do uległości i posłuszeństwa, że nieposłuszeństwo wydaje się instynktownie złe. za wszystko od mojej kochanki. Myślę, że to dotyczy wszystkich uległych. Jeśli twój Dom jest na ciebie zły, lub do diabła, nawet trochę rozczarowany, rujnuje cię. Nie może jeść, nie może spać, nie może myśleć o niczym inaczej. Zrobisz cholernie dużo, żeby uniknąć tego uczucia.

To weszło mi do głowy. Byłam już cholernie wrażliwa na Richarda. Do diabła, właśnie spędziłam tydzień, starając się zagłuszyć mój strach przed poczuciem odrzucenia przez niego. Czy odczuwałbym ten strach jeszcze bardziej? Czy rozszerzyłoby się to na jakąkolwiek negatywność z jego strony? Martwiło mnie to. Nigdy nie chciałem być tak emocjonalnie potrzebujący, ale czy nie byłem już na dobrej drodze?

Ale to nie dało nam wystarczającego uznania jako pary, prawda? Richardowi zależało na mnie. Zawsze troszczył się o mnie jako o swojego najlepszego przyjaciela, a teraz wiedziałem, że będzie mu zależało jeszcze bardziej jako o mojej kochance. Czułem to głęboko w sobie. Naprawdę zależało mu na tym, abym czuła się komfortowo i czuła się bezpiecznie.

- Ufam ci - starałam się włożyć w te słowa jak najwięcej uczuć, aby zapewnić go, że naprawdę to miałam na myśli. Zawsze byłam do kitu w okazywaniu emocji, ale jego powracający uśmiech dał mi znać, że zrozumiał. Spojrzałam mu w oczy, starając się przekazać jak najwięcej emocji, ale poczułam, że gubię się w pięknych niebieskich, turkusowych i żółtych wzorach otaczających jego czarne źrenice. On, z drugiej strony, wydawał się patrzeć poza moją powierzchowność głęboko we mnie. Chciałam mu się pokazać, żeby mnie zobaczył. „Ufam ci, chcę cię". Próbowałam przekazać swoje myśli do jego głowy naszymi oczami. 'Ufam ci. Chcę ciebie. Chcę was wszystkich. Chcę cię uszczęśliwić. Chcę pocałować-'

Ledwie ta myśl się zaczęła, gdy nagle nie było między nami przestrzeni. Jego ramiona wokół mnie, jego twarz kilka centymetrów od mojej, zdawał się górować nade mną, mimo że był tego samego wzrostu. Wdychałam jego ciepło i bliskość i poczułam, jak moje oczy same się zamykają. „O mój Boże, o mój Boże, o mój Boże". Jakkolwiek romantycznie tandetnie to brzmi, kiedy jego usta dotknęły moich, moje nogi naprawdę prawie się poddały. Wydawało się, że całe moje ciało westchnęło naraz i ledwo zdążyłam zarejestrować, jak gorące były jego usta, zanim jego język znalazł się w moich ustach. Czy zrobiło mu się tak gorąco, ponieważ lody mnie ochłodziły? Dlaczego to na niego nie zadziałało? Dlaczego w takiej chwili myślałem o lodach? Wyłączyłam swoje myśli i wtuliłam się w niego. Mój język zmagał się z jego i tańczyliśmy wokół moich ust. Starałam się, jak mogłam, ale wydawało się, że nie mogę zdobyć żadnej ziemi w jego ustach. Na przemian splataliśmy nasze języki, a on przyszpilał mój. Trzymał mnie blisko, abym poczuła się pożądana, pożądana w sposób, który potrzebowałam czuć od niego od lat.

To było idealne. Z perspektywy czasu nie mogę powiedzieć, czy tak się czułem, ponieważ pocałunek był naprawdę dobry, czy dlatego, że był to nasz symboliczny pierwszy raz. W tym czasie czułem czystą radość. No, może nie do końca „czysta" radość. Został rozcieńczony odrobiną pożądania. W porządku, może dużo pożądania. Dyszałem , mokry w niektórych miejscach i twardy jak skała w innych, kiedy w końcu się od siebie oderwaliśmy.

„Czytasz mi w myślach", wyszeptałam do niego, „Naprawdę jesteś czarodziejem".

- Żadnej magii, prosta mugolska biologia. Twoje źrenice były bardzo rozszerzone. Oznacza to, że jesteś podniecony.

„Wow, oboje wyglądacie, jakbyście tego potrzebowali". Zapomniałem o Cathy!

„Przepraszamy! Nie chcieliśmy zamienić cię w trzecie koło".

„To jest fajne, pełzałem podczas wielu sesji całowania. Jeśli chodzi o heteroseksualistów , było całkiem gorąco . Daję wam 8 na 10. Punkty za surowe pragnienie, ale można je poprawić, więcej macając i mniej ubrań".

'Mniej ubrań! Teraz jest pomysł. Uświadomiłam sobie, że bezwstydnie dotykam klatki piersiowej Richarda wzdłuż guzików jego koszuli. Cathy zauważyła z uśmieszkiem: „ To powiedziawszy, chyba pójdę teraz do domu. Znajdę cię online, Erika. Jestem pewna, że wkrótce się zobaczymy!" Mogła zniknąć równie nagle, jak się pojawiła. Nie wiem, byłam zbyt zajęta uśmiechaniem się jak głupia do Richarda.

– Chodźmy do domu – powiedziałem. Widząc jego skinienie, czułem się jak czyste zwycięstwo.

CZĘŚĆ 4

43

Moje malutkie mieszkanie wyglądało zupełnie inaczej. Richard siedział na moim wygodnym krześle przy biurku, a ja zajmowałem twarde składane krzesło, zwykle zarezerwowane dla gości. Po prostu tak się potoczyło. Jakby to był jego dom , a ja po prostu tu mieszkałam. Rozejrzałam się z zażenowaniem po okolicy. Moje ubranie robocze nadal leżało na stercie tam, gdzie je wcześniej rzuciłam, moje łóżko było nieposłane pod tylną ścianą, naczynia nadal leżały w zlewie, a na biurku panował kompletny bałagan. Richard zauważył, że dysk twardy wciąż jest podłączony do mojego laptopa i żartobliwie zapytał, czy ostatnio coś z niego korzystałem. Poczułam jak moja krew się podnosi. To mogło być najbardziej seksualne uderzenie, jakie kiedykolwiek mi wymierzył.

Podobało mi się to, a po całym zamieszaniu byłem zmęczony czekaniem. Więc opowiedziałem mu wszystko o tym, co robiłem przed obiadem. Opowiedziałem mu, jak robiłem to samo codziennie przez tydzień, pracując aż do wieczora. Włączyłam erotyczny flirt, którym zawsze chciałam być dla niego, będąc tak prowokacyjną, jak to tylko możliwe, opisując moje palce skręcające się w sobie, gdy wyobrażałam sobie wszystkie rzeczy, które zrobię jemu i on zrobi mi. Jak bym go ssała aż do jaj, aż stwardniałby mi w gardle. Jak byłam tak mokra przez wiele godzin, że natychmiast wsuwał się we mnie bez żadnej gry wstępnej. Jak bardzo chciałam, żeby wszedł we mnie, mocno i szybko, waląc tak mocno, że łóżko się zatrzęsło.

Słuchał, uprzejmie uważny jak zawsze, tak swobodnie, jakbyśmy rozmawiali o tym, gdzie zjeść lunch. - A ty mówisz, że jesteś kiepska w wyrażaniu siebie - skomentował ironicznie. Jego postawa zmieniła się z niedbale zrelaksowanej na bardziej skupioną i intensywną. - Tego właśnie chcesz, co? „Zadławić się moim kutasem i wyruchać na drzazgi", jak to elokwentnie ująłeś? Przełknęłam i skinęłam głową, a moje słowa brzmiały o wiele bardziej sprośnie w jego ustach. - Cóż, niedługo do tego dojdziemy . Najpierw jednak musimy porozmawiać o tych dwóch prawach.

„Tylko dwie zasady?"

„O nie, będziesz miał mnóstwo zasad do śledzenia. Te są różne, nie bez powodu nazywane są prawami. Kiedy się do tego zabierzesz, zasady są tylko częścią gry. Jeśli nie będziesz przestrzegać zasad, dostajesz seksowną karę i gra toczy się dalej, z drugiej strony prawa zawsze muszą być przestrzegane przez nas oboje.

„Pierwsze prawo dotyczy bezpiecznych słów. Czerwony i żółty. Powiedz „czerwony" w dowolnym momencie i wszystko się zatrzyma. Powiedz „żółty", a zwolnimy. Bezpieczne słowa istnieją po to, by zapewnić nam bezpieczeństwo i pomóc nam obojgu czuć się komfortowo. Możesz ich użyć w dowolnym momencie, z dowolnego powodu. Porozmawiamy o tym, jak się czujesz i jak pomóc Ci poczuć się lepiej. Nigdy nie ma wstydu w używaniu bezpiecznego słowa. Jego skupienie dodało ostrości jego słowom: „To nie pokazuje braku zaufania, chęci poddania się ani nic w tym rodzaju. Nigdy nie powinieneś czuć presji, aby ich nie używać. Jeśli ktoś kiedykolwiek spróbuje ci powiedzieć, że jest inaczej, powiedz mu, żeby się pieprzył sobie.

cię nie okłamię i oczekuję, że zawsze będziesz ze mną szczery. Jeśli na przykład dam ci klapsa i sprawdzę, co u ciebie, oczekuję, że będziesz szczery. Jeśli bardzo cierpisz i nie możesz już tego znieść, oczekuję, że mi to powiesz, a nie będziesz kłamać, bo myślisz, że to jest to, co chcę usłyszeć. Podobnie, jeśli myślisz, że nawaliłeś, a ja ci mówię, że to dobrze i nie jestem zły, powinieneś w to uwierzyć, a nie zgadywać.

„Zasadniczo te dwa prawa dotyczą otwartej i szczerej komunikacji. Jest to ważne dla wszystkich par, ale szczególnie ważne dla BDSM. Wymiana mocy jest więcej niż wystarczająco skomplikowana bez konieczności zajmowania się takimi podstawowymi sprawami".

- Czerwone i żółte. Łatwe do zapamiętania. Rozumiem. Ale czy to nie znaczy, że mogę po prostu narzekać, żeby uniknąć bycia związanym lub lania? To zmieniło jego uśmiech z poważnego w wilczy.

„Może to być zmartwienie dla niektórych ludzi, ale nie ciebie. Nie wiesz, jak zrobić coś połowicznie . To część tego, co czyni cię tak atrakcyjną dla mnie. Nie martwię się, że dajesz z siebie mniej niż 100 procent, Martwię się, że będziesz próbował dać z siebie 130 procent i doznasz kontuzji.

- W porządku - skinąłem głową.

Usiadł powoli, jakby przybrał na wadze więcej, niż powinien. Wyglądał jak drapieżnik spoglądający z góry na bardzo smakowitą zdobycz. Sprawiało, że czułam się jednocześnie mniejsza, ale pożądana. „Przez całe życie panowałaś nad sobą. Jak spędzasz czas, jak się poruszasz, kogo ścigasz, jak uprawiasz seks... Jesteś dziewicą w tym nowym świecie, Erika. Bardzo napalona i chętna dziewica". Dziki uśmiech poszerzył się, jakbym był soczystym, pachnącym stekiem. „Więc teraz... czy jesteś gotowy, aby zrezygnować z kontroli?"

Nigdy nie byłem bardziej gotowy!

Antyklimatycznie, nie pchnął mnie na ziemię i nie pieprzył. Zamiast tego polecił mi stanąć tyłem do ściany. To i nic więcej. Siedział, jego oczy błądziły po mnie, podczas gdy ja stałem, wiercąc się. Wyglądał jak ktoś w muzeum, który poświęca swój czas na docenienie malarstwa mistrza. Nie skupiając się szczególnie na żadnej części mnie, wydawał się uchwycić mnie całego naraz. Wyobrażałam sobie, że mogę poczuć jego spojrzenie jak bardzo lekkie, fizyczne uczucie igrające na mojej skórze. To sprawiało, że czułem się bardzo wyeksponowany, mimo że wciąż byłem w pełni ubrany.

– Wiesz, dlaczego uważam cię za atrakcyjną? On zapytał. Zaskoczyła mnie nagłość i samo pytanie. Jeszcze kilka godzin temu byłam pewna, że w ogóle się mną nie interesuje.

„Nie... um...” Zdałem sobie sprawę, że powinienem dać mu trochę szacunku, ale nie wiedziałem, czego użyć, więc domyślnie wybrałem „...Mistrzu". To wywołało u niego chichot.

„Wolę „ Sir ", ale podoba mi się, gdzie jest twoja głowa".

- Och. Czy mogę zapytać dlaczego?

„Zawsze możesz zapytać„ dlaczego ". Zazwyczaj nawet odpowiem. Mistrz oznacza poziom... no cóż, mistrzostwa, którego nie czuję, że posiadam. Właściwie to jeden z powodów, dla których nie lubię tego przezwiska „Czarnoksiężnik". tak bardzo. Oba wydają się przekazywać poczucie nieomylności, którym nie jestem ja".

„Och. Dobrze, proszę pana. Nie, nie wiem".

– Jesteś silna, zdeterminowana, bardzo inteligentna – wstał i podszedł do mnie – i masz poczucie własnej wartości. Szukasz i robisz to, co cię uszczęśliwia, po prostu dlatego, że cię to uszczęśliwia. inni niech będą potępieni. Podziwiam tę odwagę w tobie. Moja twarz zapłonęła na jego pochwałę i spuchłem z dumy. Fantastycznie było zostać rozpoznanym w ten sposób przez niego!

Niemniej jednak byłem ciekawy, „ale to naprawdę nie są bardzo uległe cechy, proszę pana?"

„Wręcz przeciwnie, są to najbardziej pociągające cechy, jakie może mieć uległy. Każdy może zdominować kogoś słabego. Lekko pogłaskał mój policzek, jego palce wywołały dreszcze w mojej głowie. „Ale kiedy ktoś silny decyduje się oddać swoją moc dominującej... cóż, to jest coś zupełnie innego". Jego ręka przesunęła się z tyłu mojej głowy, chwytając moje włosy mocno, ale nie nieprzyjemnie. Odkryłem, że nie mogę się ruszyć, nie mogę się odwrócić, nawet gdybym chciał. Nie chciałem, oparłem się z powrotem na jego dłoni chcąc poczuć więcej.

– Masz w sobie tyle mocy, Eriko – wyszeptał, a jego twarz znajdowała się niewiele ponad cal od mojej. „Uczucie tego jest dla mnie bardzo odurzające". Odetchnął głęboko, jak koneser wąchający dobre wino. Jego usta pochłonęły moją wizję, tak blisko moich. Chciałam znów je poczuć, ale jego uścisk na włosach tuż za moją głową trzymał mnie mocno w miejscu. Spróbowałam pochylić się do przodu, moje pragnienie przez chwilę walczyło z jego uściskiem na mnie, zanim poddałam się i pozwoliłam sobie ponownie spocząć na jego dłoni. Nigdy w życiu nie czułem się tak kontrolowany. Jego oczy płonęły we mnie , a mój oddech stał się krótkim sapnięciem. Zastanawiałem się, czy moje źrenice znów się rozszerzają.

Potem Richard puścił mnie i cofnął się. – Zdejmij top i stanik – powiedział. Od niechcenia, jakby zapytał, która jest godzina.

Coś w tym sprawiło, że znów się zarumieniłem. Chciałem tego. Chciałem poczuć więcej i zajść znacznie dalej. Ale w jakiś sposób zrobienie pierwszego kroku i odsłonięcie przed nim piersi sprawiło, że poczułam się bardzo zdenerwowana. W zakamarkach mojego umysłu wkradły się wyrzuty niepewności co do mojego ciała. A co, jeśli za bardzo wyglądam na chłopczycę? Moje ręce nie ruszyły do działania, by automatycznie wykonać jego polecenie. To byłoby zbyt łatwe. Zamiast tego grzebali za mną z zapięciem, jak dziewiczy licealista próbujący dotrzeć do drugiej bazy. W końcu się rozwiązał i odrzuciłam stanik na bok. Jak na ironię, wylądował tuż obok mojego łóżka, na moich wyrzuconych ubraniach sprzed kilku godzin.

kocham moje cycki. Absolutnie uwielbiam ich na śmierć. Uwielbiam to, jak czują się w moich dłoniach, uwielbiam przyjemność, jaką mi dają, uwielbiam uczucie wolności, kiedy wychodzą z klatki po długim dniu w staniku. I właśnie wtedy, absolutnie UWIELBIAŁEM wpływ, jaki wywarli na Richarda. Jego oczy były przyklejone do nich i skinął lekko głową z uznaniem. Może to sobie wyobraziłem, ale mógłbym przysiąc, że w jego spodniach rosło wybrzuszenie.

„Spleć palce za głową i lekko wygnij plecy". Szybko się zgodziłam, podnosząc ramiona i napinając klatkę piersiową, sprawiając, że moje cycki były tak widoczne, jak to tylko możliwe. Po raz kolejny jego palce przesunęły się po mojej skórze, tym razem na brzuchu. „Trzymaj się spokojnie".

– Tak, proszę pana – obiecałem. Przesunął się po moim gładkim, twardym brzuchu, na tyle lekko, że pod jego dotykiem przeszyły mnie małe macki przyjemności. Dreszcze przebiegały przeze mnie w górę, im wyżej wchodził, cal po calu w górę na moim brzuchu. Drażnił się ze mną, poruszając się boleśnie powoli, czując moją nagą skórę wszędzie oprócz miejsc, które chciałem. Moje sutki twardniały i stawały się coraz bardziej widoczne z każdym uderzeniem serca. Wołały o uwagę, by je pocierać, szczypać i sprawiać im przyjemność. Jednak ku mojemu przerażeniu przeskoczył je i zamiast tego skupił się na moich ramionach i ramionach.

- Masz świetne tricepsy i barki - pochwalił z podziwem. To prawie wynagrodziło całe dokuczanie. Istnieje wybrana grupa rzeczy, za które dziewczęta są przyzwyczajone do komplementów od mężczyzn, a tych mięśni nie ma na liście. Lubił moje ciało za to, czym było!

„Dziękuję, sir! To lata koszykówki i potu na siłowni".

W końcu jednym ruchem ujął obie moje piersi. Rozszerzyły się w jego silne, jędrne dłonie, kiedy wdychałam, sprawiając, że westchnęłam z przyjemności.

„Czy są bardzo wrażliwe?" – zapytał, zauważając moją reakcję.

„Zwykle nie tak bardzo", miałam wielkie trudności z utrzymaniem się w bezruchu i nie naciskaniem na niego. Ścisnął lekko, wyraźnie ciesząc się pieszczotami tak samo jak ja. Zamknąłem oczy i chłonąłem doznania. Moja klatka piersiowa płonęła z przyjemności, gdy przedstawiłem się Richardowi, by bawić się tak, jak sobie tego życzy. To było miłe uczucie.

Moje sutki eksplodowały. Otworzyłem oczy i zgiąłem się wpół, wydając z siebie dziwny, jęczący dźwięk. Richard trzymał moje mocno drażnione pąki między palcami i obracał je niezbyt delikatnie.

– Nie ruszaj się – przypomniał mi. Skinąłem głową, ale było to bardzo trudne. Przepłynęła przeze mnie przyjemność, doprawiona odrobiną bólu, kiedy ścisnął. Każdy impuls doznania wysyłał wstrząs do mojej łechtaczki. Czułam się jak jego zabawka. Jakby moje ciało istniało dla jego rozrywki, a moja świadomość istniała po to, by dodać mu rozrywki. Podkręcał i ściskał, ciesząc się widząc, jak przechodzę od zadowolonych westchnień do okrzyków zaskoczenia.

„Przyjemność czy ból?" on zapytał.

„Jedno i drugie", wydyszałem, „jest bardzo intensywny". Uśmiechnął się szeroko i puścił je, ugniatając moje piersi, jednocześnie pozwalając sutkom na regenerację. Jeśli już, to było jeszcze bardziej intensywne niż wcześniej. Silne uczucie mrowienia skupiło całą moją uwagę na dwóch wrażliwych punktach, gdy krew napłynęła z powrotem do nich.

„Twoja twarz jest cudownie wyrazista. Bardzo autentyczna. A teraz zdejmij resztę ubrania".

Tym razem posłuchałem bez wahania. Moje dżinsy i majtki znajdowały się zarówno na moich biodrach, jak i na nogach, zanim w pełni zarejestrowałam, co powiedział. Byłem tak mokry, tak gotowy na prawdziwą przyjemność, że nie mogłem się doczekać, kiedy wyciągnę swoją cipkę do zabawy. Uderzyłem w niewielką przeszkodę wokół łydek. Poważnie, ktokolwiek zaprojektował damskie dżinsy, nie miał na myśli szybkiego zdejmowania, zwłaszcza z wysportowanych nóg. W końcu, zupełnie naga, stanęłam przed Richardem.

Spodziewałem się, że będzie się ze mną droczył jeszcze bardziej, ale zamiast tego natychmiast pogłaskał mnie po krzaku.

– Ogol to przed naszym następnym spotkaniem.

Dobra, może to było bardziej drażniące. Prawie nie wywierał na moją cipkę żadnego nacisku ani kontaktu, po prostu delikatnie pieszcząc i ciągnąc mnie za włosy. To było bardzo rozpraszające. – Myślałem, że lubisz trochę włosów na cipce – powiedziałem.

„Tak, i to jest całkiem miłe. Jednak zamierzam uczyć się twojego ciała i jego reakcji, więc dobry wgląd w swoją płeć będzie bardzo przydatny. Poza tym bardzo cenisz swój krzak, więc golisz go będzie dla mnie codziennym przypomnieniem waszej uległości".

Przełknąłem ślinę: „Tak, proszę pana". - Musi czuć, jaka jestem mokra. No dalej, pieprz mnie! Spróbowałem dyskretnie wypchnąć biodra do przodu, tylko trochę, ale poprawił rękę, zanim mogłem uzyskać jakikolwiek kontakt.

Richard usiadł ponownie i skinął na mnie. "Klęczeć." Byłem bardzo wdzięczny, że położyłem dywanik. Moje odpowiedzi przychodziły szybciej, z mniejszą ilością myśli z mojej strony. Ustabilizowanie się pod jego kontrolą było przyjemne. Tak naprawdę nie musiałem dużo myśleć, po prostu czuć i cieszyć się. „Rozłóż kolana nieco szerzej, skrzyżuj ręce za plecami. Chwyć przedramiona tak wysoko, jak tylko potrafisz". Poprowadził mnie do pozycji, którą chciał, z wysuniętymi cyckami i szeroko rozłożonymi nogami, mówiąc, że nazywa się to „odsłoniętą pozycją".

Odsłonięty ma rację. Jasna cholera, to jest intensywne. Richard górował nade mną jak posąg. Dotarłem tylko do trzeciego guzika od jego paska. Wciąż w pełni ubrany w swój wyprany, czysty garnitur, Richard patrzył z góry na moją kompletną nagość. Różnica wzrostu wydawała mi się czymś nowym i dziwnym. Zawsze byliśmy podobnego wzrostu, przyzwyczaiłem się widzieć go na swoim poziomie. Równie dobrze mógłby być Zeusem siedzącym na szczycie Olimpu. Poza tym sama poza była bardziej wymagająca, niż myślałem. Moje kolana wbijały się mocno w dywan, a ramiona były niezadowolone z tego, jak bardzo kazano im się rozciągać.

Próbowałem znaleźć sens we wszystkim, co czułem, ale się poddałem. Powiedzenie, że czułem się odsłonięty lub bezbronny, po prostu tego nie obejmowało. Klęczałam na podłodze u stóp mojego najlepszego przyjaciela, ponieważ tak mi kazał. Ale co więcej, byłem tutaj, ponieważ chciałem być. Chciałam być mu posłuszna, a wyrażanie tego tak otwarcie sprawiało, że czułam się bardziej naga niż zwykły brak ubrania.

Ale nie. „Wrażliwy" oznacza jakieś postrzegane zagrożenie, prawda? To nie było w porządku. Czułem się całkowicie bezpieczny, trzymany mocno pod kontrolą. Czuć się tak beztrosko było prawie wyzwalające. To po prostu wydawało się bardzo... otwarte. Jakby moje wnętrze było na pokaz razem z moim ciałem.

"Jesteś piękna," powiedział mi, spójrz na mnie z góry z uznaniem. Nagle uderzyło mnie to, że klęcząc znacznie zbliżyło mnie do wypukłości w jego spodniach. Bardzo wyraźnie wybrzuszenie w kształcie penisa tuż pod sprzączką paska. Oblizałam usta, głodna tego. Dwa palce pod brodą skierowały moją uwagę z powrotem na jego twarz. „Zadbaj sobie".

"Co?"

"Słyszałeś mnie."

Moje ramiona drgnęły za mną. „Jak... Masturbować się? Sir?"
"Rzeczywiście."

Tak, wszystko, co powiedziałem wcześniej o czuciu się nagim? Zapomnij o tym wszystkim, właśnie po to powinienem zachować te opisy. Moje palce wślizgnęły się między wargi łatwiej niż łyżwiarz na lodowisku. Ten pierwszy długi, twardy ruch po mojej łechtaczce zszokował mój system, przenosząc mnie z dokuczania do pełnej gotowości do pieprzenia! Myślałem, że spuszczam się na miejscu.

Przesunął się z mojego podbródka, by pogłaskać mój policzek, delikatnie bawiąc się kilkoma kosmykami włosów.

„Potrzebujesz mojego pozwolenia, zanim będziesz mógł osiągnąć orgazm, mój zwierzaku". Jęknęłam z przyjemności, mokre dźwięki mojego lizania wypełniły pokój. „Teraz jesteś mój. Twoja seksualność jest moją własnością. Ja decyduję, kiedy dojdziesz... jeśli dojdziesz". To całkowicie niesprawiedliwe, że powiedzenie mi, że nie mam kontroli nad własnymi orgazmami, tak bardzo mnie podnieca i sprawia, że chcę dojść TERAZ! Czułem, jak się we mnie gotuje, ciśnienie, narastająca potrzeba uwolnienia. To było zbyt wiele, przytłaczające, klęczenie z szeroko rozłożoną cipką, pieprzenie się dla jego kaprysu.

Patrzył uważnie, zwracając szczególną uwagę na moje palce, zauważając, jak faworyzuję moją łechtaczkę i przechodziłem do penetracji, kiedy czułem się bliski dojścia. Kiedy zaczynałem dostosowywać się do tego, co się dzieje, dodał jeszcze jeden poziom.

„Patrz mi w oczy, nie patrz w dół". Dlaczego miałbym patrzeć w dół? Jego mina patrząca na mnie była piękna. Jego emocje tam zapisane sprawiły, że poczułam się wyjątkowo. Jednak jego figlarny, wiedzący uśmiech powrócił. Ten cholerny uśmiech, który zawsze oznaczał, że on wie coś, czego ja nie wiem.

Usłyszałem zamek błyskawiczny. 'O mój Boże, czy to? Czy on właśnie? Bez patrzenia instynktownie wiedziałam, że jego penis jest wolny i kilka centymetrów ode mnie. Jedno spojrzenie w dół i wreszcie to zobaczę. Kutas Richarda... ile nocy spałem, śniąc o tym, że zostałem przez niego wyruchany? Na ilu lekcjach śniłam na jawie, wyobrażając go sobie nago? Teraz to było właśnie tam! Ale nie mogłem na to patrzeć. Tak trudno było być posłusznym, mimowolnie opuszczałem głowę i musiałem zmuszać ją z powrotem do góry.

Oczywiście było jeszcze gorzej, kiedy zdałem sobie sprawę, że on się głaszcze. Gorąco między moimi nogami wzrosło i zacisnąłem palce.

„Proszę", jęknęłam, „to takie trudne, proszę, czy mogę spojrzeć?"

„Lubię patrzeć, jak walczysz. Patrzenie, jak wybierasz posłuszeństwo zamiast własnych pragnień, jest bardzo gorące. Dobrze sobie radzisz". Brzmiał dumnie. Dumny ze mnie! Chciałam być silna dla niego, ale moje hormony były przeciwko mnie. Pragnęłam go zbyt mocno przez zbyt długi czas, znoszenie tego było torturą. Zaledwie kilka cali ode mnie i poczułabym jego twardą gładkość... Tęskniłam za tym uczuciem sprzed lat, za wolnością, którą czułam bez konieczności zmagania się i podejmowania decyzji.

Więc zamiast jego penisa sięgnąłem po jego drugą rękę i podniosłem ją do głowy. Zrozumiał bez słów, ponownie chwytając mnie za włosy tuż za głową i mocno trzymając w miejscu. Od razu poczułam, jak spada ze mnie ciężar. Nie musiałem już pilnować siebie ani martwić się o to, czy będę w stanie być posłuszny. Delikatnie wtuliłam się w jego ramię, ciesząc się uczuciem jego ciepłej skóry na moim policzku i autorytatywną siłą jego uścisku.

Czułam się z nim związana. Wydawało się, że utworzyła się między nami więź, silniejsza niż fizyczny uścisk, który mnie trzymał.

Jakby dawanie mu mojej siły i moich problemów oraz bycie silnym dla mnie zbliżyło nas do siebie. To było bardzo intymne i bardzo, bardzo seksualne. Spędzałem więcej czasu poza łechtaczką niż na niej, aby uniknąć przewrócenia się. chcę się spuścić. Każda komórka w moim ciele chciała się spuścić! Ale czułem też, jak bardzo moje ciągłe wycofywanie się z mojej łechtaczki, z dala od cummingu, podnieciło Richarda. Byłabym mu posłuszna! Było to trudne, ale nie przestawałam się ruszać, czerpiąc satysfakcję z jego przyspieszonego oddechu i gobelinu przyjemności na twarzy.

Nie jestem pewien, jak długo staliśmy, wpatrując się w siebie. Czas wydawał się trochę amorficzny, jakbyśmy istnieli razem w bańce, w której nic innego się nie liczyło. Jedno uderzenie serca do drugiego, krąg nad moją pulsującą i nadwrażliwą łechtaczką i cichy jęk na jego ramieniu, krążący dalej w pętli.

"Jak się czujesz?" w końcu się zameldował.

„Trochę przytłoczony, sir. Ale w dobry sposób!”

„Dobrze. Czas skończyć grę wstępną”. Westchnęłam, gdy poczułam, jak kieruje moją głową w dół. „Możesz teraz wyglądać tak, jak chcesz. Jeśli nie jesteś zbyt blisko, to znaczy”. Schodziłam prosto na jego kolana!

Trudno powiedzieć, czy kierował moje usta do swojego penisa, czy też powstrzymywał mnie przed uderzeniem kulą armatnią w jego krocze. Ledwo mignął mi przed oczami, zanim pochłonął go między moje usta. Każdy cal jego męskości przechodzący we mnie zdawał się napełniać mnie zawrotami głowy, jakbym właśnie odkrył najlepszą zabawkę wszechczasów. Byłam zdeterminowana, by poczuć go tak bardzo, jak to możliwe, zbadać każdą najdrobniejszą część jego języka moim językiem. Jego smak oblał mnie, w połączeniu z jego zapachem i pulsującym podnieceniem, wszystko na raz. Piżmowość, miękka skóra pokrywająca twarde jak skała pożądanie, z nutą słonego smaku precum. Powoli rozluźniłam się, przesuwając językiem z boku na bok po jego podbrzuszu. „Powinno być tutaj, tuż pod głową..." Jęknął, mocno i długo, kiedy trafiłem w czuły punkt.

Czułem ogromną satysfakcję, że mogłem wydobyć z niego ten seksowny męski dźwięk, tuż obok jego dominującej samokontroli, ale miałem mało czasu, by sobie pogratulować. Jego mocny uścisk na moich włosach ponownie mnie przycisnął, powoli głębiej i głębiej.

„Powiedz mi, kiedy to za dużo".

Uwielbiam robić loda. Uwielbiam wszystko, co dotyczy seksu oralnego, ale głębokie gardło nigdy nie było moją mocną stroną. Nadal miałem dobre dwa cale penisa za moimi ustami, kiedy jego głowa uderzyła w tył mojego gardła, a jego prowadząca ręka przestała naciskać do przodu. Chciałem więcej, próbowałem dostać więcej, ale moje cholerne gardło po prostu tego nie miało. Zakrztusiłem się mocno i byłem zmuszony się wycofać.

Nie dał mi czasu na rozczarowanie. „To było fantastyczne," uśmiechnął się do mnie. „Tym razem spróbujesz mojej spermy".

Wprowadził mnie w stały rytm. W górę iw dół, jego ręka na mojej głowie, zatrzymując się przy każdym pociągnięciu w górę, aby pozwolić mi polizać jego czuły punkt, zanim znów mnie zepchnie. To naprawdę było jak wskazówki, a nie siła. Jakbym to ja robiła mu loda, a nie on robił loda ode mnie, jeśli to ma sens. Po prostu pokazywał mi, jak mu się najbardziej podobało. Niemniej jednak to doświadczenie sprawiło, że poczułem się głęboko uległy. Klękałem przed nim, jakby był moim królem, wielbiąc go, ignorując to, jak bardzo moja i tak już pulsująca cipka stała się bardziej mokra.

Byłem w niebie. Zamruczałam nisko w gardle, aby wibrować jego penisa, zdobywając kolejny satysfakcjonujący jęk przyjemności z jego strony. Ssałam go mocno i niechlujnie, cały czas trzymając język w kółko, gdy jego przyjemność rosła. Stałe strumienie soli towarzyszyły szybszemu pulsowaniu wypełniania szczęki, gdy go ssałam. Robiłam co w mojej mocy, aby utrzymać kontakt wzrokowy, patrząc w górę i starając się zakomunikować wyrazem twarzy, jak bardzo kocham jego kutasa, jednocześnie skupiając się na sobie. To było naprawdę dużo pracy! Do góry - poliż szybko pod jego głową. Zjedź w dół - przejedź językiem po całym jego penisie. U podstawy - mrucz głęboko, uśmiechaj się, nie zwalniając pieczęci. Przesuń z powrotem do góry - ssaj tak mocno, jak tylko mogę, aby wywrzeć nacisk na jego głowę. Raz po raz prowadził mnie w górę iw dół, delikatnie przyspieszając, gdy się zbliżał. Przyłapałem się na tym, że chciałbym, żeby na siłowni była jakaś maszyna szczękowa. Mój język płonął i brakowało mi powietrza.

Przyjemność, coraz bardziej niekontrolowana, płynęła swobodnie po jego twarzy, aż w końcu trzymał mnie stabilnie i potężnie drgał. Strumienie gorącej spermy wypełniły mnie, pokrywając tył mojego gardła i policzki, gdy gorączkowo próbowałam przełykać i lizać go w tym samym czasie. Wydawało się, że to nieskończony strumień, zryw za zrywem, który wystrzelił z niego, szybko przytłaczając moje wysiłki, by nadążyć. Już miałam coś wylać, kiedy w końcu zwolnił iz ciężkim jękiem odsunął się do tyłu i wyszedł ze mnie.

Delektowałem się resztą jego spermy w ustach. Nie lubię smaku i konsystencji spermy. Spójrzmy prawdzie w oczy, kto to robi? Ale czując to tam, widząc usatysfakcjonowany uśmiech na jego twarzy i pamiętając, jak drżał i pulsował, gdy mi to dał... to było jak trofeum. Sprawiłam, że poczuł się tak niesamowicie! Moje ciało podnieciło go tak bardzo, że potrzebował ssania jego penisa, a moja głowa tak mu się spodobała, że wypełnił moje usta wytryskiem . To sprawiło, że płonąłem z dumy.

W tym samym czasie mały cień rozczarowania pojawił się z tyłu mojego umysłu, bezpośrednio związany z moją ociekającą i żałośnie pustą cipką. Z Richardem wydanym, nie pieprzyłbym się dziś wieczorem. Próbowałam sobie wmówić, że to głupie i chciwe z mojej strony, że czuję się przez to zawiedziona. Miałam myśleć o jego potrzebach przed własnymi. To było to, na co się zapisałem. Rzeczywiście, o co praktycznie go błagałam. Wiedziałam o tym, ale mimo to, po podzieleniu się z nim tak intymnym erotycznym przeżyciem, chyba nigdy w życiu nie czułam się tak napalona. Chciałem się spuścić, cholera! Cholernie trudno było się z tym pogodzić.

„Jesteś w tym całkiem niezły" – Richard doszedł do siebie i wyciągnął do mnie rękę. „Chodź, twoje kolana muszą cię dobijać". Były, chociaż nie zauważyłem tego aż do tego momentu. Byłem zbyt rozproszony przez zbyt wiele innych rzeczy.

Zanim jednak zdążyłam się odpowiednio rozciągnąć, znalazłam się całkowicie uniesiona nad ziemię, udrapowana w ramionach Richarda. „Dzisiaj bardzo mnie uszczęśliwiłeś," wyszeptał mi do ucha, „zasługujesz na nagrodę". Moje serce zabiło szybciej, gdy niósł mnie na niewielką odległość do mojego łóżka. Nieważka w jego ramionach, czułam się zahipnotyzowana jego bezdennymi oczami tak blisko. To naprawdę nie było w porządku, sposób, w jaki mógł przełączyć przełącznik i przytłoczyć moje emocje w ten sposób.

Ułożył mnie z poduszkami, wygodnie podpierając moją głowę. Po raz kolejny nade mną, powoli bawił się moimi włosami między palcami. Pomimo tego, że wciąż byłam naga, a on wciąż w pełni ubrany, nie czułam się tak naga . Było bardziej... intymnie? Wygodny? Naturalny? Nie wiem. Miałem problemy z logicznym myśleniem, mój świat kurczył się w małych punktach. Miejsca na mojej twarzy, gdzie jego palce musnęły mnie, dotyk, gdy bawił się moją grzywką, miejsce na mojej szyi, gdzie mnie całował, jedwab pod moimi dłońmi, gdzie pocierałam jego klatkę piersiową, i zawsze obecna we mnie potrzeba co z minuty na minutę stawało się coraz pilniejsze.

Jego palce wędrowały po moim ciele, kiedy ułożył się wygodnie między moimi nogami. Zrobiłem podwójne podejście. Pomiędzy moimi nogami! Był tak ustawiony, jakby chciał mnie zjeść!

Roześmiał się i poczułam jego oddech na moich udach. „Zaskoczony?"

– Hm, tak, proszę pana. Masował moje uda, powoli rozkładając moje nogi tak szeroko, jak tylko się dało i wysyłając pioruny przyjemności bezpośrednio do mojego rdzenia. „To nie jest—* jęk *—czego się spodziewałem."

– Wydaje się, że ludzie myślą, że mineta nie jest męska ani dominująca. Nic nie może być dalsze od prawdy. Gdybyś był marionetką, twoje sznurki byłyby właśnie tutaj. Lekkim szturchnięciem... – wcisnął palec bezpośrednio między moje usta, rysując go przez moją szczelinę i bezpośrednio nad moją łechtaczką. Całe moje ciało podskoczyło, jakbym został uderzony piorunem , i wydałem z siebie okrzyk zaskoczenia i rozkoszy – potrafię wydobyć z ciebie najbardziej urocze reakcje. Jest bardzo niewiele pozycji, w których mogę sprawować bardziej bezpośrednią kontrolę nad twoim ciałem ".

On miał rację. Wiłam się i jęczałam, kiedy grał mną jak na instrumencie muzycznym. Drażni moje usta długimi szczotkami w moich włosach łonowych, aby wywołać u mnie dreszcze i wypchnąć biodra. Pieszcząc moje uda delikatnymi uściskami tuż pod moją cipką, sprawiając, że drżę i pulsuję. Sprawiając, że piszczę i wyginam plecy szybkim pocałunkiem bezpośrednio na mojej łechtaczce.

Wsuwał je długimi, powolnymi lizaniami aż do góry i przeze mnie, pokrywając językiem każdy cal mojej wrażliwej cipki.

Był jak badacz mapujący moje reakcje na bodźce, testujący i eksperymentujący z różnymi poziomami nacisku i kombinacjami. To trzymało mnie w niepewności, a mój poziom orgazmu skakał w górę iw dół jak maszyna EKG. Każdy stały nacisk na moją łechtaczkę doprowadzał mnie do krawędzi w ciągu kilku sekund i ustawiał go w kolejce do wycofania się z dokuczania. To doprowadzało mnie do szału! Płonąłem z potrzeby, dawno przekroczyłem punkt spójności. Czułem się tak dobrze. Wszystko w kolejce górskiej stymulacji było tak niesamowicie przyjemne, że nie chciałem, żeby się skończyła. Chciałem eksplodować. Wytrysnąć mózgiem przez moją cipkę na całą jego twarz. Ale chciałem też, żeby to trwało wiecznie. Nigdy nie chciałem, żeby ta przyjemność się skończyła.

Richard wyglądał na zachwyconego między moimi nogami, uważnie obserwując moje reakcje. Zawsze taki ciepły i troskliwy dla mnie... nawet jeśli używał tej uwagi, żeby się ze mną droczyć, czułem się wyjątkowo. Poszukiwany. Kochany.

Nagle poczułam się wypełniona. Gorące, jędrne ciało co najmniej dwóch palców wbiło się w moją cipkę i poturbowało bezpośrednio mój punkt G. Nigdy wcześniej nie dochodziłem z penetracji, ale naprawdę myślałem, że to zrobię. Nie zdając sobie z tego sprawy, poważnie zabrałem się za wygłuszanie mieszkania i zrywałem pościel z łóżka. Pchnęłam mocno, by spotkać jego palce, chcąc poczuć je tak głęboko we mnie, jak to tylko możliwe – chcąc wciągnąć go w siebie tak bardzo, jak tylko mogłam. Mocno mnie przycisnął, z łatwością obezwładniając mnie swoją siłą.

Richard spojrzał mi w oczy i powoli, celowo opuścił usta. „Dojdź tak dużo i tak mocno, jak tylko potrafisz” – powiedział mi bezpośrednio między moimi nogami. Potem moja łechtaczka była mocno zasysana do jego ust. Ssał mnie głęboko i mocno lizał, a każde małe uderzenie jego języka wysyłało wibrację przyjemności bezpośrednio do mojego rdzenia. Nie wytrzymałem dłużej niż trzy sekundy. Przyszedłem. Twardy. To było tak, jakby bomba eksplodowała głęboko we mnie i eksplodowała raz za razem z każdym skurczem. Fale czystej ekstazy przepływają przeze mnie, wypełniając każdy centymetr mojego ciała, od palców u stóp, przez mózg, aż po głębię umysłu.

Doszłam i doszłam i doszłam, zaciskając się tak mocno na jego wciąż pchających palcach, że wydawało mi się, że czuję jego odciski palców. Moja łechtaczka pulsowała tak mocno w jego ustach, że myślałam, że ją połyka. Nigdy nie przestawał uderzać młotkiem, doprowadzając do kolejnego orgazmu zaraz po pierwszym. Czułam, że się roztapiam, mój umysł jest lekko zamglony, a obraz rozmywa się na brzegach.

Powoli, z kilkoma wstrząsami wtórnymi i nawrotami, pożar sam się wypalił. Kiedy wróciłem do siebie, wszystko wydawało się nieco zamglone, prawie jakbym wypił kilka kieliszków mocnego alkoholu. Uświadomiłam sobie, że prawie zmiażdżyłam głowę Richarda między udami. Nawet nie zdawałam sobie sprawy, że je zamknęłam! Poza tym mogłem trochę posiniaczyć sobie piersi. Ponownie, nawet nie zdawałem sobie sprawy, że je ściskałem.

- Wow... to było zajebiste.

CZĘŚĆ 5

63

Niedługo później siedzieliśmy razem pod kołdrą. Stały rytm jego oddechu podczas snu działał kojąco, sprawiając, że byłam senna, ale nadal nie chciałam spać.

Rozmawialiśmy o wszystkim, co się wydarzyło, naciskając na siebie nawzajem, by dowiedzieć się, jak się czuli. Szczególnie zainteresowało mnie, jak potężny czuł się Richard, reżyserując mój wolny odcinek. Najwyraźniej dotyk był potężną formą kontroli, a możliwość swobodnego dotykania mnie, kiedy się powstrzymywałem, sprawiała, że dynamika Dom/sub była bardziej realna. Słuchanie jego punktu widzenia było bardzo interesujące, ale jeszcze bardziej wspaniale było dzielić z nim łóżko.

W końcu zdjął garnitur! Jego naga klatka piersiowa przywarła do moich pleców, a jego nagie nogi splotły się z moimi. Zawsze byłem totalnym frajerem jeśli chodzi o przytulanie. Kontakt skóra na skórze ma potężne działanie na moje emocje.

W końcu poczułem się nasycony, czułem, że powinienem być bardziej analityczny. Czy naprawdę zrobiłem te wszystkie rzeczy? Tak łatwo było wczuć się w tę rolę, tak naturalnie płynąć z prądem. Głos z tyłu mojej głowy powtórzył słowa Cathy o posłuszeństwie. Co mogę robić? Może wtedy powinno mnie to martwić, ale tak się nie stało. Czułem się zbyt dobrze, żeby się czymkolwiek martwić.

Zasnęłam, trzymając dłoń Richarda mocno przy piersi. 'Kopalnia!'

KONIEC

65